Les sorciers ne croient pas aux ordinateurs

D0835295

Les sorciers ne croient pas aux ordinateurs

Debbie Dadey et Marcia Thornton Jones

Illustrations de
John Steven Gurney

Texte français de Jocelyne Henri

Les éditions Scholastic
123, Newkirk Road, Richmond Hill (Ontario) Canada

Pour Walter Jones et Charles Dadey

Données de catalogage avant publication (Canada)

Dadey, Debbie
  Les sorciers ne croient pas aux ordinateurs

Traduction de: Wizards don't need computers.
ISBN 0-590-16024-9
I. Jones, Marcia Thornton. II. Titre.
PZ23.D32So 1996 j813'.54 C96-930872-8

Édition publiée par Les éditions Scholastic, 123, Newkirk Road,
Richmond Hill (Ontario) Canada L4C 3G5

4 3 2 1   Imprimé aux États-Unis   6 7 8 9/9

1

Digne d'un roi

— Je ne peux pas croire qu'on nous force à faire ça, se plaint Paulo.

— Je pense que ce sera amusant de faire un rapport sur l'Angleterre, dit Lisa. C'est un pays fascinant et marqué par l'histoire.

Paulo et Lisa sont sur les marches de la bibliothèque municipale avec leurs amis, Laurent et Mélodie.

— Je suis seulement en troisième année, continue de se plaindre Paulo, en ôtant sa casquette de baseball. Je ne devrais pas être obligé d'aller à la bibliothèque municipale plus d'une fois par année. C'est mauvais pour ma santé. Je devrais jouer dehors, au grand air.

Mélodie repousse ses nattes vers l'arrière et regarde fixement l'énorme édifice. Six grandes statues sculptées les observent du toit.

— J'aime assez aller à la bibliothèque depuis que les réparations ont été faites, dit-elle.

— C'est chouette, ajoute Laurent. Il y a même des tonnes de nouveaux livres et des ordinateurs.

— S'ils veulent vraiment que ce soit chouette, leur dit Paulo, en ouvrant la lourde porte de la bibliothèque, ils devront prévoir un terrain de soccer intérieur et des billards électriques.

— Qui a déjà entendu parler d'une bibliothèque avec des billards électriques? demande Lisa, en pouffant de rire.
Paulo s'arrête net à l'entrée et fixe le mur devant lui.

— Qui a déjà entendu parler d'une bibliothèque avec un océan?

— Quoi? demandent en choeur Lisa, Mélodie et Laurent.

Paulo ne dit pas un mot. Il se contente de pointer l'index droit devant lui. Les quatre amis regardent dans la direction indiquée et en ont le souffle coupé.

— D'où cela peut-il bien venir? murmure Mélodie.

— On s'en fiche, dit Paulo, avec un grand sourire. C'est encore mieux qu'un terrain de soccer!

Afin d'y voir de plus près, Paulo traverse le hall en vitesse jusqu'au comptoir des bibliothécaires. Ses trois amis le suivent. Un aquarium en verre occupe tout le mur derrière le comptoir. Des poissons minuscules, gris, argent et bleus, nagent rapidement autour du réservoir, tandis qu'un énorme poisson rouge tourne lentement autour d'un château en céramique multicolore.

— Je n'ai jamais vu un aquarium aussi

gros, dit Paulo. Il est digne d'un roi!

— Il va sans dire, dit une voix grave à l'accent étrange. Arthur mérite un royaume.

Paulo, Mélodie, Laurent et Lisa se retournent brusquement pour faire face à l'inconnu. Il a les cheveux blancs et une longue barbe en pointe. Il porte un col roulé bleu foncé et une étoile en argent se balance à son cou. L'inconnu sourit aux quatre enfants.

— Qui est Arthur et qui êtes-vous? demande Paulo.

— Je suis monsieur Merle, le nouveau bibliothécaire adjoint, dit-il. Et Arthur est ce majestueux poisson rouge, ajoute-t-il, en pointant l'index en direction du poisson solitaire qui flotte près du château.

— C'est le plus gros réservoir que j'aie jamais vu, dit Lisa.

— Et Arthur est le plus gros poisson

rouge que j'aie jamais vu, dit Laurent.

Mélodie approuve d'un signe de tête.

— Il vous a certainement fallu une semaine pour installer cet aquarium, dit-elle.

— Je l'ai fait en moins de temps qu'il m'en faut pour faire claquer mes doigts, dit monsieur Merle, en joignant le geste à la parole.

Puis, il passe derrière le comptoir des bibliothécaires dans l'intention de saupoudrer de la nourriture pour poissons dans l'aquarium. Pour atteindre le haut du réservoir, il monte sur un tabouret.

Laurent donne un petit coup de coude à Lisa et à Mélodie pour attirer leur attention. Il met un doigt sur ses lèvres pour leur imposer le silence et les précède dans la section Science-fiction. Paulo les rejoint en courant.

— Qu'est-ce qui te prend? demande Mélodie.

— Cet aquarium n'était pas là la dernière fois que je suis venu ici, répond Laurent. Et c'était hier.

Les yeux de Paulo deviennent ronds comme des billes.

— Tu es venu à la bibliothèque hier? Pourquoi?

— Pour chercher un livre, répond Laurent.

Paulo roule des yeux agacés.

— Pas étonnant que tu sois bouleversé. Tu passes beaucoup trop de temps à la bibliothèque.

— Ce n'est pas ça le problème, réplique Laurent, d'un ton brusque. Un aquarium de cette taille est très long à installer. Celui de monsieur Merle n'était pas ici hier.

— Tu as entendu monsieur Merle, dit Lisa. Il l'a fait en un tour de main.

— Ou bien, dit lentement Laurent, il se passe des choses louches à Ville-Cartier!

2
Camelot

— Il vaut mieux que nous trouvions des livres pour notre rapport, rappelle Lisa à ses amis.

— Je vais consulter le fichier, dit Laurent.

La tête de monsieur Merle sort au-dessus d'une énorme pile de livres.

— Désolé, les enfants, le fichier est fermé. Nous rentrons toutes les données dans les ordinateurs.

— Alors, comment allons-nous faire pour trouver un livre? demande Mélodie.

— Nous devons faire un rapport ayant pour thème l'Angleterre, explique Laurent. Je veux me documenter sur le roi Arthur.

Monsieur Merle sourit et caresse sa

longue barbe blanche.

— Ah, oui, Camelot, dit-il.

— Camelot? s'étonne Lisa.

— Oui. Camelot était le royaume du roi Arthur.

— Cette histoire à propos du roi Arthur et des chevaliers de la Table ronde est une pure invention, dit Paulo.

Le visage de monsieur Merle tourne au rouge vif.

— Rien ne peut être plus loin de la vérité. Camelot était un endroit magique, mais il était aussi réel que je le suis.

Laurent donne une petite tape sur l'épaule de monsieur Merle.

— Comment faire pour trouver un livre sur le roi Arthur si je ne peux pas consulter le fichier?

— Pas de problème, dit monsieur Merle. Il existe un livre magnifique dont le titre est Arthur et Camelot. Je vais vérifier à l'ordinateur s'il est ici.

Monsieur Merle s'assoit et commence à **taper** sur l'ordinateur, mais madame **Fontaine**, la bibliothécaire en chef, leur **fait signe** de la main.

— **Désolée**, les jeunes, mais ce livre a été **perdu** il y a deux ans.

Monsieur Merle agite ses mains sur le clavier, touche sa barbe, fait claquer ses doigts et sourit.

— Arthur et Camelot apparaissent bien à l'ordinateur. Je vais aller vérifier sur les rayons.

Les quatre enfants suivent monsieur Merle. Paulo s'arrête dans la section Sports tandis que monsieur Merle et les autres se dirigent tout droit vers la section Littérature.

— Le voilà, dit monsieur Merle, en sortant un grand livre bleu. Ce livre a toujours été un de mes préférés.

— Celui-ci est plus dans mon genre, dit Paulo, en les rejoignant.

Il leur fait un grand sourire et leur montre un livre mince dont le titre Soccer est écrit en grosses lettres rouges.

— Paulo, dit Lisa, tu es supposé trouver un livre sur l'Angleterre, pas sur le soccer.

— En fait, dit monsieur Merle, le sport que vous appelez soccer s'appelle football, en Angleterre. Le football est un sport très populaire en Angleterre. Je crois que ce serait un excellent thème pour ton rapport.

— Après réflexion, dit Paulo, l'Angleterre doit être un pays magique.

Monsieur Merle incline la tête, caresse sa barbe et sourit.

— En effet, c'est un pays très magique, comme vous allez vous en rendre compte très bientôt.

3

L'enchanteur du roi Arthur

— Ce livre sur le roi Arthur est fantastique! dit Laurent à ses amis, le lendemain après-midi, après l'école.

Ils sont sous le chêne géant, leur point de rencontre préféré.

— On s'en fiche! dit Paulo. S'il faut absolument que je lise un livre, le sujet devrait au moins m'intéresser. Les sports, par exemple.

Laurent ignore Paulo et continue de parler.

— Le roi Arthur et Merlin, son enchanteur, ont créé le royaume de Camelot. Leurs loyaux chevaliers de la Table ronde se consacraient à faire le bien.

Regardez-moi ces dessins!

Mélodie et Lisa se rapprochent pour mieux voir.

— Oh, regardez le château, dit Lisa. C'est tellement romantique. J'aurais dû choisir Camelot au lieu de Londres.

— Il n'y a pas de doute que le roi Arthur semble plus intéressant que la Tour de Londres, dit Mélodie.

— Qui est cette très belle dame? demande Lisa à Laurent.

— C'est Guenièvre, la reine de Camelot. Elle était la plus belle de tout le royaume.

— Monsieur Merle est étrange, constate Mélodie, en tournant les pages du livre de Laurent, mais il a raison de dire que Camelot était un endroit magique.

— Il est peut-être étrange, convient Laurent, mais il connaît son affaire. Il a trouvé mon livre en deux secondes, en

16

consultant l'ordinateur de la bibliothèque.

Lisa pointe un dessin du doigt, avec l'air de quelqu'un qui va s'évanouir.

— Qu'est-ce qui te prend? demande Paulo. Le livre t'a mangé la langue?

Lisa ne répond pas. Elle continue de montrer le dessin. Mélodie, Laurent et Paulo se rapprochent pour mieux voir.

— Oh, mince, murmure Mélodie. Regardez!

4

Merlin l'Enchanteur

— Ce dessin de l'enchanteur du roi Arthur ressemble étrangement à monsieur Merle! dit Mélodie.

Laurent se colle le nez sur le livre pour mieux voir. Le célèbre enchanteur a des cheveux blancs ondulés et une longue barbe pointue. Une étoile pend à son cou et il porte une robe bleu marine. Un chapeau pointu est perché sur sa tête.

— Tu as raison, dit Laurent, monsieur Merle ressemble à Merlin l'Enchanteur. Monsieur Merle a même un collier comme celui de Merlin!

Lisa pousse un cri et Mélodie échappe le livre. Laurent bondit en arrière et Paulo lève les poings, prêt à se défendre.

"MERLIN".

— Pourquoi as-tu crié? demande Mélodie, d'une voix étranglée.

— Je suis désolée, dit Lisa à ses amis. Mais je viens de réaliser que le nom de monsieur Merle ressemble à Merlin.

Les yeux de Mélodie s'agrandissent de panique.

— Et le nom de son poisson est Arthur, comme dans roi Arthur!

— Peut-être, dit lentement Laurent, peut-être... que monsieur Merle est en réalité Merlin.

Lisa et Mélodie ont une boule dans la gorge, mais Paulo éclate de rire.

— Le nouveau bibliothécaire adjoint de Ville-Cartier n'est pas un enchanteur, dit-il. Les enchanteurs se servent de la magie pour se procurer tout ce qu'ils désirent. Ils n'ont pas besoin de travailler dans une bibliothèque. Et ils n'ont certainement pas besoin d'ordinateurs!

— Paulo a raison, dit Mélodie. Le roi

Arthur n'était pas un poisson. De plus, pourquoi le roi Arthur et le grand enchanteur Merlin viendraient-ils à Ville-Cartier? Ça ne ressemble en rien à Camelot.

— Tu as raison sur ce point, convient Laurent. Camelot était un royaume merveilleux et paisible.

— Ville-Cartier aussi, dit doucement Lisa.

Les trois amis de Lisa la regardent fixement durant une minute entière avant que Laurent se décide à prendre la parole.

— Tu dois être le fou du roi Arthur si tu penses que Ville-Cartier est un endroit merveilleux et paisible.

Paulo pointe l'index vers Lisa.

— Ville-Cartier est un trou comme il ne s'en trouve plus. Il n'y a pas de gratte-ciel ni de métro.

— Ces choses n'ont pas d'importance, plaide Mélodie. Les arbres et les fleurs rendent une ville jolie...

— Les personnes amicales rendent une ville magnifique, interrompt Lisa. Et Ville-Cartier est remplie de personnes gentilles.

— Il y a beaucoup de personnes à Ville-Cartier, dit Paulo, en riant, mais elles sont toutes étranges. Tout à fait le portrait de monsieur Merle.

— Il n'est pas étrange pour un enchanteur! intervient Laurent.

— Mais ce n'est pas un enchanteur. Je ne crois pas aux enchanteurs, dit Paulo. Je ne crois même pas à la magie.

— Moi, j'y crois, dit doucement Lisa.

Mais ses amis sont beaucoup trop occupés à discuter pour l'entendre.

5
Sortilèges d'enchanteur

Paulo met les mains sur ses hanches.

— C'est facile de vous prouver que monsieur Merle n'est pas un magicien!

— Comment? exige de savoir Mélodie.

— Nous irons à la bibliothèque pour faire une petite recherche personnelle, lui dit Paulo, sur un ton neutre.

— Je pense que je vais m'évanouir, dit Lisa. Depuis quand Paulo est-il intéressé à la recherche?

— Il veut dire qu'il veut faire une petite enquête, dit Mélodie.

— Recherche ou enquête, dit Paulo, peu importe. De toute façon, je vais découvrir que monsieur Merle n'est qu'un rat de bibliothèque inoffensif qui aime bien les poissons.

— Nous pourrions être en grand danger si Paulo a tort, prévient Laurent. Un enchanteur puissant comme Merlin pourrait concocter un philtre dangereux à notre intention.

— La seule chose que monsieur Merle peut concocter, c'est un réservoir de poissons, ricane Paulo. Et je vais vous le prouver.

Paulo se dirige d'un pas lourd et bruyant vers la bibliothèque de Ville-Cartier. Ses trois amis doivent se dépêcher pour arriver à le suivre. Lisa frissonne lorsqu'ils atteignent les ombres des statues géantes perchées sur le toit de l'édifice.

— Ce n'est pas tellement une bonne idée, murmure Mélodie. Nous aurons des ennuis si nous nous faisons prendre.

— Ce sera bien pire que ça, prévient Laurent. Nous serons prisonniers d'un sortilège d'enchanteur.

— Je pense que tu es déjà enfoncé

jusqu'au cou dans un sortilège idiot, dit Paulo, en riant. À présent, cesse de te dérober et suis-moi.

Paulo entre dans la bibliothèque sur la pointe des pieds et passe devant le comptoir des bibliothécaires. Il s'arrête le temps de voir s'évanouir un rayon de soleil sur les écailles du poisson rouge. Paulo se glisse furtivement derrière le comptoir, ses trois amis sur les talons, et entre dans le bureau désert des bibliothécaires. Les quatre enfants sournois ne remarquent pas que le poisson rouge géant ne tourne plus autour du château et qu'il les fixe.

Paulo trouve le bureau de monsieur Merle. Il est recouvert de hautes piles de gros livres poussiéreux.

— Le bureau d'un enchanteur serait rempli d'objets magiques, dit Paulo à ses amis. De toute évidence, celui de monsieur Merle ne l'est pas.

Puis, Paulo ouvre un tiroir.

— Ne fais pas ça, siffle Lisa. C'est une propriété privée.

— Non, dit Laurent, la gorge serrée, je dirais plutôt que c'est une propriété MAGIQUE.

— De quoi parles-tu? demande Mélodie.

C'est alors qu'elle regarde dans le tiroir. Personne ne dit un mot.

— Est-ce bien ce que je pense que c'est? murmure Lisa, en pointant du doigt une boule de cristal brillante rangée à côté d'une longue baguette bleue.

— Si ce n'est pas une boule de cristal, alors je suis l'oncle d'un singe, dit Laurent.

Paulo éclate de rire et tend la main vers la boule.

— Pas étonnant que tu aimes tant les bananes.

— Ne touche pas à ça! hurle Mélodie. Et si c'était réellement magique?

— Attends! Quelqu'un approche, dit Laurent. Et si c'était monsieur Merle?

Les quatre enfants se cachent vivement sous le bureau et attendent.

6
Malin Merlin

En retenant leur souffle, les quatre amis font le tour du bureau de monsieur Merle et rampent hors de la pièce. Ils s'esquivent en contournant le comptoir d'un côté pendant que monsieur Merle entre de l'autre côté. Ils se blottissent les uns contre les autres, le dos appuyé contre l'aquarium.

— Fiou! murmure Lisa. On l'a échappé belle!

Laurent met un doigt sur ses lèvres et pointe l'aquarium. Arthur, le poisson rouge, les regarde fixement.

— Nous ne sommes pas encore sortis du bois, dit Laurent. Suivez-moi.

Toujours en rampant, ils dépassent la section Sports et arrivent à la section Littérature. Ils s'étendent par terre, juste devant l'étagère des livres sur le roi Arthur.

— J'ai cru que monsieur Merle allait nous écraser en mille morceaux, dit doucement Mélodie.

— Les enchanteurs n'écrasent personne, lui dit Lisa. Ils vous font probablement disparaître d'un coup de baguette dans un endroit éloigné, comme l'Alaska.

Paulo secoue la tête.

— Parce que nous avons trouvé la boule et la baguette, ça ne signifie pas que monsieur Merle soit Merlin, le malin.

— C'est vrai, dit Mélodie. Ces trucs sont peut-être là en prévision d'une fête costumée.

— Ils paraissaient pourtant authentiques, dit Lisa.

— De toute façon, nous n'avons jamais réussi à savoir pourquoi un enchanteur viendrait dans une ville comme Ville-Cartier, dit Mélodie, en s'appuyant contre l'étagère.

— Pour faire renaître Camelot, dit Laurent.

— Ce serait chouette, pouffe Lisa, en prenant un livre avec un gros château sur la couverture.

— Seulement si tu penses que c'est chouette de voir des chevaliers se battre en duel sur le terrain de soccer, précise Laurent.

— Je pense que tu as raison, dit Lisa, en regardant le château sur la couverture du livre. J'ai entendu dire que les châteaux étaient froids et pleins de courants d'air.

— C'est parce qu'il n'y avait pas de chauffage, à part les foyers, explique

Mélodie. Il n'y avait pas d'électricité non plus, ajoute-t-elle en se tournant vers Paulo, donc pas de jeux électroniques.

— Je me moque des chevaliers et des châteaux, leur dit Paulo. Et plus que tout, je me moque des enchanteurs.

— Tu vas t'en soucier si monsieur Merle transforme Ville-Cartier en un royaume médiéval, dit Laurent.

— Il ne le fera pas, dit Paulo. Parce qu'il n'est pas un enchanteur.

— Comment peux-tu en être si certain? demande Mélodie.

— Parce que les enchanteurs n'existent pas, dit Paulo, et qu'ils n'ont jamais existé!

— Je n'en serais pas si sûr, dit une voix, derrière Paulo.

7

La reine d'Angleterre

Lisa saisit le bras de Mélodie et Laurent avale avec bruit. Les quatre amis aperçoivent une très vieille dame aux longs cheveux argentés retenus par un bandeau scintillant.

— Il se trouve que je crois aux enchanteurs, dit-elle.

— Qui êtes-vous? lâche Paulo.

L'étrange dame sourit et ses yeux bleus se mettent à pétiller.

— Je suis madame Reine. Je suis venue

aider monsieur Merle dès que j'ai su qu'il était en ville. C'est un vieil ami très cher.

Madame Reine soupire et son regard devient lointain.

— Il y a tellement, tellement longtemps que je n'avais pas revu mes amis. Nous avions tellement de plaisir dans ce temps-là!

Elle fait un sourire radieux aux quatre amis tassés les uns contre les autres.

— De qui parlez-vous? demande Mélodie.

— Mais, de monsieur Merle et d'Arthur, dit madame Reine, d'un ton neutre, avant de disparaître derrière une étagère remplie d'encyclopédies.

— C'est touchant quand les gens restent amis aussi longtemps, vous ne trouvez pas? demande Lisa à Paulo, Laurent et Mélodie. J'espère que nous serons encore des amis quand nous aurons cet âge-là.

— Pas si j'ai mon mot à dire, plaisante Paulo.

— Je me demande depuis combien de temps monsieur Merle et madame Reine sont amis, dit Mélodie.

— Pas depuis très longtemps, dit lentement Laurent, seulement mille cinq cents ans environ!

— Quoi? demandent les trois autres.

— Vous ne pigez pas? demande Laurent. C'était madame Reine. Comme dans Reine d'Angleterre!

— Et pourquoi la reine d'Angleterre viendrait-elle travailler à la bibliothèque de Ville-Cartier? demande Mélodie.

— Tu l'as entendue, dit Laurent. Elle est venue rejoindre monsieur Merle et Arthur, son mari!

— Il n'y a pas de doute, il y a quelque chose de royal à Ville-Cartier, dit Paulo, en riant. Mais il s'agit d'un casse-pieds royal. Toi, en l'occurrence.

— Paulo a raison, dit doucement Lisa. Les gens ne vivent pas jusqu'à mille cinq cents ans.

— Et les reines ne se marient pas avec des poissons rouges! pouffe Mélodie.

— C'est possible avec l'aide d'un enchanteur, dit sérieusement Laurent.

Laurent ignore les rires de ses amis. Il ouvre plutôt son livre.

— Tout est écrit ici, dit-il, en feuilletant la fin du livre.

Le roi Arthur n'est jamais décédé. Il a disparu. De même que Merlin, son enchanteur digne de confiance. La dernière fois qu'on les a vus, ils montaient à bord d'un bateau pour se rendre à l'île magique d'Avalon. Avant son départ, le roi Arthur a promis de revenir grâce à la magie de Merlin, et sa femme, Guenièvre, a fait le voeu de l'attendre.

Laurent regarde chacun de ses amis dans les yeux.

— Je crois que sa longue attente a pris fin. Merlin a fait revenir le roi Arthur et

38

ils sont tous réunis ici, dans la bibliothèque de Ville-Cartier.

— Bon, je sors de cette bibliothèque, dit Paulo, en se remettant sur pied d'un bond. Nous avons été ici toute la journée. J'ai l'intention d'oublier toute cette histoire d'enchanteur sur le terrain de jeu.

Laurent, Mélodie et Lisa se bousculent pour suivre Paulo qui quitte, tambour battant, la section Littérature, passe devant la section Sports et le comptoir où madame Reine est en train de remettre une pile de livres à monsieur Merle.

— Merci infiniment, dit monsieur Merle.

Ensuite, il lui dit autre chose qui pousse Paulo à prendre la poudre d'escampette.

8

Le Moyen Âge

— Pourquoi as-tu couru jusqu'ici? demande Lisa.

Les quatre amis essaient de reprendre leur souffle sous le chêne géant du terrain de jeu.

— Ouais, dit Mélodie. On aurait dit qu'un fantôme te poursuivait.

— C'est en plein ça, dit doucement Paulo, en frappant le sol du bout de sa chaussure de tennis.

Laurent laisse tomber son sac à dos par terre et regarde Paulo.

— De quoi parles-tu?

Paulo s'appuie contre le chêne.

— N'avez-vous pas entendu comment monsieur Merle a appelé madame Reine?

Mélodie, Laurent et Lisa font non de la tête.

— Il l'a appelée Guenièvre, dit Paulo.

— N'est-ce pas le nom de la femme du roi Arthur? demande Lisa, la gorge serrée.

— Je le savais! dit Laurent, en faisant claquer ses doigts. Madame Reine vient réellement de Camelot.

— Pas si vite! dit Paulo, en levant la main. Restons calmes! Je suis certain qu'il y a des tas de gens qui portent le même nom.

— Je n'ai jamais connu personne de ce nom, dit Mélodie.

— Moi non plus, admet Lisa. De plus, tu as dû penser que c'était la reine Guenièvre, sinon tu ne te serais pas enfui.

— J'ai été surpris, c'est tout, dit Paulo. De toute façon, c'est impossible que ce soit la même femme. La Guenièvre du livre de Laurent était jeune et belle. Madame Reine est vieille comme Mathusalem.

Laurent ramasse son sac à dos et le balance par-dessus son épaule.

— Tu serais vieux, toi aussi, si tu avais vécu à l'époque du roi Arthur.

— Eh bien, je ne suis pas vieux, réplique Paulo, en roulant des yeux. Je suis jeune et je veux m'amuser. J'en ai assez des enchanteurs et des reines. Allons jouer au soccer.

— Pas moi, dit Laurent. Je retourne à la bibliothèque pour découvrir la vérité.

— La vérité, c'est que tu perds la boule, lui dit Paulo. Je ne suis pas un yo-yo de bibliothèque. J'en ai marre des aller et retour à la bibliothèque.

Mélodie et Lisa s'éloignent avec Laurent. Mélodie se retourne.

— Tu fais mieux de venir avec nous, dit-elle, sinon on te laissera dans les ténèbres.

— Tu veux dire les ténèbres du Moyen Âge, marmonne Paulo, en soupirant.

Mais il suit tout de même ses amis sans
autre plainte.

Quand ils arrivent devant la
bibliothèque, ils restent figés sur place en
fixant les marches.

— Oh, mince! murmure Lisa. Que se
passe-t-il?

9

Le royaume

— Ça alors! crie Paulo. On dirait que la bibliothèque est tombée dans une machine à reculer dans le temps.

— Et que nous nous retrouvons à Camelot, dit Mélodie.

La bouche ouverte, les quatre amis fixent les marches. Des bannières rouges en pointe ornent les rampes de l'escalier et des dames en robes longues, avec de drôles de chapeaux pointus, les saluent de la main. Il y a même un homme qui se promène dans une armure complète.

Monsieur Merle ouvre la porte de la bibliothèque et leur sourit.

— Bienvenus dans mon royaume, dit-il.

— Votre royaume? dit Laurent, avec une boule dans la gorge.

— Certainement, dit monsieur Merle, en touchant son étoile. N'est-ce pas que c'est ravissant? Exactement comme à Camelot.

— Mais, nous étions ici il y a à peine quelques minutes, dit Lisa. Et nous n'avons rien vu de tout ceci.

— Personne ne peut travailler si vite, dit doucement Mélodie.

— Oh, je n'ai eu qu'à claquer mes doigts, dit monsieur Merle, avec un petit rire. J'ai toujours eu beaucoup de talent avec mes mains.

Laurent regarde Mélodie et lui fait un clin d'oeil. Monsieur Merle fixe une grande affiche à côté de la porte. On y lit en grosses lettres rouges : ROYAUME DE LA LECTURE.

— Qu'est-ce que c'est? demande Lisa.

— Mon nouveau programme de lecture pour encourager les enfants à lire, leur dit monsieur Merle.

— Rien ne peut encourager Paulo à la lecture, dit Mélodie.

Monsieur Merle regarde Paulo et caresse sa longue barbe blanche.

— Peut-être qu'un peu de magie de mon royaume y parviendra.

— Je ne crois pas à la magie, lui dit Paulo.

Le visage de monsieur Merle vire au rouge.

— Quoi? La magie est omniprésente, en particulier dans les livres. Ils peuvent nous transporter à n'importe quelle époque et dans n'importe quel lieu.

— Le terrain de soccer est le seul lieu où je désire être transporté, dit Paulo.

Monsieur Merle fait claquer ses doigts en direction de Paulo et sourit.

— La magie est partout. Tu verras.

10
Une bouillie magique

— Où est Paulo? demande Mélodie.

— Au terrain de soccer, dit Lisa.

Quiconque ne lit pas s'y trouve.

Il y a une semaine déjà que monsieur Merle a commencé son nouveau programme de lecture. Mélodie, Laurent et Lisa sont assis sous le chêne géant qui ombre leur tout nouveau terrain de jeu. Cependant, personne n'utilise la glissoire en forme de dragon ni ne saute par-dessus les fossés de pneus qui entourent le château. Dès la fin de l'école, les enfants se sont plutôt précipités avec l'intention de se trouver un endroit confortable pour lire.

— On dirait bien que le royaume de monsieur Merle s'étend jusqu'à l'école élémentaire de Ville-Cartier, dit Mélodie.

— Depuis que monsieur Merle a commencé son Royaume de lecture, notre tout nouveau terrain de jeu a perdu des points, dit Laurent.

Il montre du doigt un groupe d'élèves de troisième année assis sur les balançoires. Mais personne ne se balance. Ils sont tous trop occupés à lire.

— C'est presque inquiétant, dit Mélodie, en frissonnant. C'est une bonne chose que Paulo ne soit pas ici pour voir ça. Ça le rendrait plus furieux qu'un chevalier dans une armure rouillée.

— Je pense que monsieur Merle a eu une bonne idée. Celui ou celle qui lira le plus gagnera une couronne, dit Lisa. En fait, je lis, moi aussi.

Lisa montre à Laurent son livre sur la magie.

— Où as-tu pris ça? lui demande-t-il, d'une voix entrecoupée.

— Monsieur Merle l'a trouvé pour moi, dit Lisa, en souriant. Il n'a eu qu'à claquer des doigts. Je suis chanceuse, car c'est un livre fantastique.

— La chance n'a rien à voir là-dedans, lui dit Laurent. Cet engouement pour la lecture est l'oeuvre de la magie. La magie Merle.

— Mais tu aimes lire, toi aussi, l'interrompt Mélodie. Tu devrais être content que tout le monde en fasse autant. Même si c'est de la magie, la lecture est une bonne magie.

— Je n'ai rien contre la lecture, mais j'ai un problème quand un enchanteur cinglé veut prendre le pouvoir de Ville-Cartier, dit Laurent, en s'éloignant de ses amies d'un pas lourd.

— Où vas-tu? demande Mélodie.

— Je vais chercher Paulo, lui répond Laurent. Et je veux m'éloigner de cette rage pour la lecture.

Lisa et Mélodie se pressent derrière Laurent.

Elles trouvent Laurent debout en plein milieu du terrain de soccer désert. Quelques joueurs sont assis dans les gradins. Ils lisent tous. Laurent s'avance vers eux.

— Où est Paulo? demande-t-il.

— Chut! disent plusieurs d'entre eux, nous sommes en train de lire.

— Je ne peux pas le croire! dit Laurent, en poursuivant son chemin dans les gradins, Mélodie et Lisa sur les talons.

Ils finissent par trouver Paulo en train de lire un livre épais. Paulo sourit à ses amis.

— Ce livre est fantastique, leur dit-il. C'est l'histoire du soccer. Je vais lire celui-là ensuite, ajoute-t-il, en montrant un autre livre. C'est à propos d'un célèbre joueur de soccer du Brésil!

— Deux livres? demande Laurent, d'une voix étranglée. Tu lis deux livres épais?

Paulo fait un signe de tête affirmatif.

— Et il faut que je me dépêche. Monsieur Merle m'a montré une étagère complète remplie de livres sur le soccer. C'est curieux que je ne les aies pas remarqués auparavant. Monsieur Merle n'a eu qu'à claquer des doigts et les livres étaient là!

Paulo se détourne de ses amis et continue sa lecture.

Laurent s'éloigne des gradins avec Lisa et Mélodie.

— Ce n'est pas normal pour Paulo. La magie de monsieur Merle l'a transformé en bouillie! Il faut faire quelque chose. Et vite!

11
Le paradis du roi Arthur

Laurent s'empare du livre de Lisa.

— Crois-tu vraiment ces trucs sur la magie?

— J'ai toujours cru aux tours de magie.

— Alors, il est temps qu'on se mette à la magie, nous aussi, dit Laurent à ses amies.

— Comment allons-nous nous y prendre? demande Mélodie.

— Facile, répond Laurent, en faisant un grand sourire. Vous n'avez qu'à me suivre.

Ils quittent le terrain de soccer en courant et continuent vers la bibliothèque. Ils s'arrêtent devant le vieil édifice pour reprendre haleine.

— N'est-ce pas madame Reine? demande Lisa, en pointant l'index en direction d'un banc de parc, de l'autre côté de la rue.

Elle tient la main d'un homme vêtu d'un ensemble de jogging en velours pourpre.

— Je n'ai jamais vu cet homme auparavant, dit Mélodie.

— Bien sûr que non, lui dit Laurent. Personne n'a vu le roi Arthur depuis des siècles.

— Le roi Arthur? répète Mélodie. Je croyais qu'Arthur était le poisson rouge de monsieur Merle.

— Il l'était, dit Laurent. Mais on dirait bien que monsieur Merle, l'enchanteur personnel du roi, l'a fait revenir pour être avec Guenièvre. Exactement comme le roi Arthur l'avait promis.

— Tu n'es pas absolument sûr de ça, murmure Mélodie, quand ils entrent dans la bibliothèque silencieuse.

— Oh, ouais, siffle Laurent. Alors, explique-moi ça!

Il montre du doigt l'aquarium géant, derrière le comptoir des bibliothécaires. Treize minuscules poissons argent, gris et bleus nagent en rond. Mais le poisson rouge géant a disparu.

— Il est peut-être mort, dit Lisa. C'est ce qui est arrivé à mon poisson rouge.

— Le poisson rouge de monsieur Merle n'était pas un poisson ordinaire, dit Laurent. C'était le célèbre roi d'Angleterre. Et, à présent, il est revenu prendre le pouvoir de Ville-Cartier. Regarde autour de toi si tu veux des preuves.

Lisa et Mélodie se retournent pour examiner la bibliothèque de Ville-Cartier. Des serpentins aux couleurs vives pendent du plafond et des dames vêtues de robes flottantes et de chapeaux pointus circulent à pas feutrés.

— Ce sera peut-être agréable de vivre dans le paradis du roi Arthur, dit doucement Lisa.

— C'est ce qu'ont cru les chevaliers de la Table ronde, dit Laurent. Mais ils ont découvert que le paradis n'existe pas. Leurs combats ont mis fin au royaume du roi Arthur, et ils mettront fin à Ville-Cartier si nous laissons la magie de monsieur Merle les ramener à la vie. À présent, allons-y.

Laurent s'avance à pas lourds dans le bureau des bibliothécaires. Il ouvre le tiroir du bureau de monsieur Merle et s'empare de la baguette bleue.

— Que fais-tu? demande Lisa, la voix étranglée.

— J'emprunte un peu de la magie de monsieur Merle, dit Laurent, en sortant de la pièce.

Monsieur Merle est en haut de l'escalier qui mène à la section Biographie.

Aussitôt qu'il voit Laurent avec la baguette, il pointe un doigt noueux dans sa direction et crie «Arrête!»

Mais il est trop tard. Laurent décrit de grands cercles avec la baguette.

12

Une brève apparition

— Je pensais que tu étais cuit, dit Mélodie à Laurent, le lendemain.

Paulo, Lisa, Mélodie et Laurent sont assis sur le banc, en face de la bibliothèque. Paulo est en train de lire son deuxième livre sur le soccer.

— Nous avons été chanceux, dit Lisa. Monsieur Merle a crié seulement parce que la baguette est ancienne et très précieuse. Il aurait pu nous faire disparaître.

— Je sais, dit Laurent.

— Monsieur Merle n'avait qu'à claquer ses doigts magiques et tu te serais volatilisé, dit Mélodie.

— Tu aurais pu être transformé en oeil

bouilli de triton! plaisante Lisa.

Mélodie éclate de rire et rapproche ses genoux de son corps.

— Peux-tu imaginer Laurent en globe oculaire bouilli?

Lisa pouffe et regarde Paulo. Il lit encore. Habituellement, il aurait sauté sur l'occasion pour taquiner Laurent, mais il ne lève même pas les yeux de son livre.

— Il y a pire, dit Laurent, en soupirant. Ils parlent de reporter le camp de soccer jusqu'à ce que le Royaume de lecture de monsieur Merle soit terminé.

— Non! dit Mélodie, en se relevant d'un bond. Ce n'est pas juste.

— Dis ça à monsieur Mégalivres, ici présent, dit Laurent, avec sarcasme. Il est évident que ma tentative avec la baguette magique n'a absolument rien changé.

Lisa, Mélodie et Laurent regardent de l'autre côté de la rue pendant que Paulo continue de lire. Des douzaines d'enfants

sont assis sur les marches de la bibliothèque et lisent. Des bannières colorées s'agitent tout autour. À présent, il y a deux chevaliers en armure qui se promènent sur le trottoir. Des dames vêtues de robes longues et de chapeaux pointus accueillent les enfants dans la bibliothèque. Monsieur Merle se tient à côté de la porte, une planchette à pince à la main, et inscrit les élèves à son programme de lecture. Madame Reine et l'homme à l'habit de jogging en velours sont à ses côtés.

— Monsieur Merle ignore-t-il que l'excès en tout est un défaut? demande Lisa. Lire, c'est bien, mais pas tout le temps.

— Eh bien, je vais le lui dire, dit Mélodie.

Elle regarde des deux côtés de la rue, puis traverse et monte les marches de la bibliothèque d'un pas décidé.

— Je sais que Mélodie aime le soccer autant que Paulo, dit Lisa, la voix étranglée, mais il faut que nous l'arrêtions avant que monsieur Merle la transforme en ragoût de poisson.

— Tu as raison, dit Laurent.

Il attrape Paulo par le bras et ils traversent tous les trois la rue à la suite de Mélodie. Pas un seul instant Paulo ne lève les yeux de son livre.

Mélodie est déjà en face de monsieur Merle quand Lisa et Laurent trébuchent sur la première marche. Paulo s'assoit et

continue à lire. Mélodie ouvre la bouche, prête à parler. Mais avant qu'elle en ait l'occasion, un énorme camion affichant les lettres BCTV et deux grosses automobiles noires s'arrêtent devant la bibliothèque. Des tas de gens en sortent et des caméras envahissent les marches.

Une femme en tailleur noir s'avance vers monsieur Merle et lui serre la main.

— Félicitations pour votre programme de lecture. C'est un très gros succès. Je représente la bibliothèque nationale et j'aimerais que vous travailliez avec nous.

Monsieur Merle sourit et touche son étoile.

— Ce serait charmant. Je continuerai jusqu'à ce que tous les enfants du pays soient inscrits à mon Royaume de la lecture.

— Oh, non! dit Laurent, en se donnant une gifle. Nous sommes perdus.

Monsieur Merle et la femme montent

dans une des automobiles noires, avec madame Reine et son ami, tandis que tous les cameramen retournent à leur camion. Les trois véhicules démarrent et tout redevient calme.

Lisa soupire et les regarde s'éloigner.

— Durant ce court instant magique, c'était tout de même agréable de vivre dans une ville du nom de Camelot, murmure-t-elle doucement pour elle-même.

VLAN! Lisa sursaute quand Paulo ferme son livre. Il se lève d'un bond et lui donne une chiquenaude sur la tête.

— Que disais-tu, plat de nouilles? demande Paulo.

Mélodie se met à rire.

— La baguette magique a peut-être fonctionné après tout, dit-elle.

Table des matières